EL MUNDO

AL REVÉS

*Para Elisabeth
y Cecil Collins*

Título original: *Topsy Turvy*. Traducción de Enrique Ortenbach. Publicado por Editorial Lumen, S.A.,
Ramon Miquel i Planas, 10. 08034 Barcelona. Reservados los derechos de edición en lengua castellana para todo el mundo.
Primera edición: 1991. © del texto y de las ilustraciones: Monika Beisner. Jonathan Cape Ltd., Londres.
ISBN: 84-264-3647-1. Depósito Legal: B-1733-1991. Printed in Spain.

Monika Beisner

El mundo al revés

Editorial Lumen

Si el mundo al revés desea alguien ver,
los pies en las nubes tendrá que apoyar;
si de ellas no cae, conseguido habrá
tener en sus manos el mundo al revés.

Soy la muñeca Isabel
y hoy todo va como quiero:
al niño ha pescado el pez,
se sentó a la mesa el perro,
el cuclillo acecha al gato,
¡y te tengo entre mis brazos!

De papel es nuestro cuerpo,
los tres corremos sin piernas.
Sostenemos de una cuerda
a los niños en el viento.
Aquí veis lo que hay que hacer
para hacerlos ascender.

El reloj las ocho ha dado
y el minino ha despertado.
El ratón a darle caza se dispuso.
«¡Qué increíble es esto, zape!»,
grita el gato huyendo a escape.
«¡Al ratón no serviré de desayuno!»

Por la orilla de un arroyo
corre un gato muy goloso.
Una trucha hay en el agua
que de un salto al gato espanta.
«¡Ten cuidado!», grita el pez,
«o si no te pescaré.»

Blanco cuervo, negra nieve.
Soy la pobre Dorotea
que metida en esta jaula
se columpia y balancea.

Rosas verdes, hierba roja.
Columpiarse es aburrido.
¡Cómo envidio al papagayo
que anda libre y divertido!

Cielo de oro, sol azul.
¡Ah, qué bien que nadie sepa
que el murciélago esta noche
me abrirá por fin la puerta!

La hembra del cuco ha estado empollando,
de noche y de día, tres años, sus huevos.
La pobre se alarma: ¿Qué crías son éstas?
¿A quién se parecen? ¡A mí no, por cierto!
No tienen ni pico ni plumas ni alas.
¡Son todo hociquito, bigotes y pelo!

Las ovejas llevan años en el prado:
hartas están ya de allí retozar.
Y las nubes consideran que es muy tonto
suspendidas de los cielos siempre estar.
¡Las ovejas y las nubes se han cambiado!
Esta noche lo que os digo yo he soñado.

El sol se oculta por la mañana,
para bañarse con gran estruendo.
Y oigo en el fondo del mar dragones
que de las olas se ríen fieros.
Una gaviota volando va
y sin rozarlo bebe del mar.
Hay caracolas e incluso piedras
que se pasean sin tener piernas.
Por si los mares hielo se hicieran,
corro y patino sobre la arena.

«Vamos, niña», dice el perro,
«te conviene respirar
y gozar del aire fresco.»
Y, poniéndole el collar,
se la lleva de paseo
a saltar y disfrutar.

¡Qué calor tan fuerte el de este verano!
El perro disfruta lamiendo su helado.
La niña le mira pidiéndole un poco
y el perro, egoísta, se ríe goloso.
La niña en la mesa ha puesto sus palmas.
El perro la mira, mas no le da nada.

Escucha, un momento, querido chorlito.
¿Dónde está la niña? ¿Y dónde está el pez?
La niña se baña tranquila en el río,
por más empapada que esté cada vez.
Y el pez en la orilla, cubierta de hierba,
la boca se nota cada vez más seca.

Escucha, un momento, chorlito querido.
El pez lanza al agua con maña el anzuelo.
¿Qué cuelga, chorlito, qué cuelga del hilo?
¿Un aro? ¿Una tuerca? ¿Qué ha puesto de cebo?
¡Con una rosquilla vulgar y sencilla
el pez va a pescar sin duda a la niña!

Un muñeco de cartón
para sí se dijo un día:
Esto quiero, esto me quedo.
Y ahora hace que una niña,
suspendida de hilos de oro,
baile y baile noche y día.

¡Aserrín, aserrán!
Mi caballo viene y va.
Hasta el cielo llegaremos,
las estrellas pasaremos.
¡Cómo pesas! Para, ¡so!
En la espalda, ¡qué dolor!

En el circo Malibú,
por las noches sé que actúa
dando saltos el canguro
con la alegre cacatúa.

Y los monos cantan dúos,
el pingüino sobre el hielo
se desliza, en el trapecio
se columpia un esqueleto.

El payaso hace equilibrios,
cruza el oso la maroma
y el gordísimo elefante
se bebe cien coca-colas.

Cada noche al dar las doce
verás al león y a Dora:
cruza ésta un aro en llamas
cual dorada mariposa.

De las flechas de un experto cazador
los más raudos animales no se libran.
Sin embargo, por la noche llega un ave
que al muchacho flechas y arco va y le quita.
«De tus armas no podrás ahora escapar,
porque es justo, cazador», el ave grita.

Desperté un día temprano (ya de noche)
y me hallé en tierras lejanas (no sé dónde).
Una oveja vi que estaba (repelada)
muy provista de tijeras (y sentada)
esquilando los cabellos (era buena)
de Juanito, su pastor. (¡Bonita escena!)

Con mi vestido de marinero,
hacia la luna me voy viajando.
Ya sé que el viaje no será largo,
porque la luna sobre mí veo.

Tiene mi barca, que es de madera,
de porcelana remos muy finos;
está pintada en rojo marino
y son sus mares la verde hierba.

Bajo la luna, que me ilumina,
toda la noche surco las aguas.
Deprisa avanzo, bogo deprisa
hasta las siete de la mañana.

«¡Polichinela, el diablo escapa!
¡Polichinela, ¿qué vas a hacer?
Hay dos gigantes en nuestra casa,
a la ventana los puedes ver!»,
exclama Doña Polichinela.
Con un garrote él pega y pega.

Duérmete, mamita, duerme de una vez.
Fuera hay una oveja, dentro tu hijo está.
Mientras tú te duermes, él te mecerá.
Duérmete, mamita, duerme de una vez,
que si no te duermes él se enfadará
y a un año sin postre te castigará.

Oye, tú, gato insolente,
si no dejas de arañar
a los mirlos, las picazas
y otras aves del lugar,
a una rata llamaré
que del pueblo te echará.

«En mi casa reina el orden:
por la tarde, todo es juego,
por la noche, cada cual
sueña a gusto y en su lecho»,
dice el gato, con orgullo:
«yo en la cama, tú en el suelo.»